『万葉集』における帝国的世界と「感動」

Emotion and the Imperial Realm in the *Man'yōshū*

トークィル・ダシー
Torquil Duthie

編者　青山学院大学文学部日本文学科

企画　小川靖彦

笠間書院

はしがき

小川靖彦

「日本のあらゆる詩歌集の中で『万葉集』は一番西洋人を感動させるはずであって、英訳で読んでもそれ以後の日本の歌にない説得力を有している。『万葉集』に出ているテーマ（妻や子の死、初恋、貧困な生活の苦しみ、いくさへ行く兵士の感情等々）は普遍的なものばかりであって、詩に興味を持っているのに『万葉集』に興味を持たないような人は想像が出来ない」。それにもかかわらず、『万葉集』に関心を持つアメリカ人は少ない、と第二次世界大戦後のアメリカにおける日本文学研究の開拓者ドナルド・キーン氏が嘆いたのは一九五八年のことです（「海外の万葉集」澤瀉久孝『万葉集注釈 巻第三』附録）。

それから約六十年を経た今日、翻訳によって『万葉集』と出合った海外の人々が、日本人研究者とともに本格的な万葉集研究を進めるようになりました。その一人がカリフォルニア大学ロサンゼルス校准教授のトークィル・ダシー氏です。スペインで育ち、イギリス・日本・アメリカ（キーン氏が教鞭を執ったコロンビア大学）で学び、様々な言語環境を体験したイギリス人のダシー氏は、現在、『万葉集』の新たな翻訳に取り組んでいます。同時に、『万葉集』に「感動」した一人として、万葉人が一体何に「感動」したのかを歴史的に捉え直すことを試みています。

青山学院大学文学部日本文学科では、二〇一六年十一月十九日（土）の一三時二〇分〜一五時〇〇分に青山キャンパス17号館一七六〇六教室にて、ダシー氏の講演会を開催しました。ダシー氏による、柿本人麻呂の代表作「泣血《きゅうけつ》哀慟《あいどう》歌《か》」の美しい英訳と、万葉人の感情世界が古代日本の帝国的世界――天皇を中心とする政治的世界――の〈文化〉として生み出されたという新鮮な見方は、聴衆の心を強く魅了しました。その感動をさらに多くの皆様と分かち合いたいと願い、本書を刊行いたしました。

目次

講師紹介

小川靖彦

青山学院大学文学部日本文学科主催の講演会「古代日本の世界像と万葉集」を始めたいと思います（なお、本書ではタイトルを「『万葉集』における帝国的世界と「感動」」に改めました）。講演会に先立ち、講師のトークィル・ダシー Torquil Duthie 氏についてご紹介いたします。

トークィル・ダシー氏は現在カリフォルニア大学ロサンゼルス校 UCLA アジア言語文化学部の准教授でいらっしゃいます。ダシー氏は、一九九二年にロンドン大学東洋アフリカ研究学院 SOAS をご卒業になりました。その後、北海道大学大学院修士課程に進学され、ここで、『万葉集』の作品論的研究で目覚ましい業績を上げられている身﨑壽《みさきひさし》氏の指導のもと、修士論文「人麻呂歌集旋頭歌《せどうか》の研究」をまとめられました。一九九八年に同課程を修了され、二〇〇二年から二〇〇三年には早稲田大学フェロースカラーとして日本で研究された後、コロンビア大学大学院博士課程で、アメリカの日本文学研究の第一人者であるハルオ・シラネ Haruo Shirane 氏のもとで研究を進め、二〇〇五年に、博士論文“Poetry and Kingship in Ancient Japan”（「古代日本における詩と王権」）で博士号 Ph.D. を取得されました。ピッツバーグ大学准教授を経て、現職でいらっしゃいます。

ダシー氏のご専門は、日本古代文学です。UCLA のホームページに掲載されている、ご自身で書かれた教員紹介には、特に詩歌、神話、歴史叙述、とあります。「歴史叙述」が挙げられているところにダシー氏の研究の特徴が表れています。つまり、歴史学者のように『万葉集』や『古事記』『日本書紀』によって、〝事実としての歴史〟を復元するのではなく、これらの書物がどのように〈歴史〉を描こうとしていたのかを明らかにするのが、ダシー氏の研究です。文学の側から、〈歴史〉とは何か、という根本的な問題に迫っているのです。また、十七〜十八世紀の国学、およびその近現代の文献学との関係も、研究テーマとされています。これも国学や近現代の文献学が、〈古代〉をどのように捉えているのかという関心に基づくものです。

二〇一四年にダシー氏は、*Man'yōshū and the Imperial Imagination in Early Japan*（『万葉集と古代日本における帝国的想像力』）という四六一頁からなる重厚な研究書を出版されました。この本は、『万葉集』がどのようにして〈歴史〉を創っていったかを考察したものですが、実はその前半は、国学や、日本近代における政治制度と歴史意識を論じています。『万葉集』についてはもちろん、近世・近代の思想史の本としても、刺激的な見解に満ちています。二〇一五年には、東京大学の「東アジア古典学の次世代拠点形成――国際連携による研究と教育の加速」というプログラムにおいて合評会が開かれたように、多くの研究者がこの本に注目しています。この他、二〇〇五年には、『古今和歌集』のスペイン語訳も出版されています。ダシー氏は幼い日々をスペインで過ごされ、その時にイギリスの御祖母様から送られてきた本の中に、日本に関するものがあり、日本文学に関心を持たれたそうです。

『万葉集と古代日本における帝国的想像力』は現在翻訳が進められていますが、刊行は少し先になるとのことです（笠間書院刊）。本日の講演は、翻訳書に先駆けて、この本で論じられたことをダシー氏自身が紹介してくださる貴重な機会です。しかし、それだけではなく、最近、日米の学術雑誌に発表された研究成果も組み込みながら、〈『万葉集』における「感動」とは何か〉という新たな、そして本質的なテーマについて、お話しくださいます。

それではご講演を賜りたく存じます。よろしくお願いいたします。

『万葉集』おける帝国的世界と「感動」

◉トークィル・ダシー

I　はじめに

『万葉集』との最初の出会い

本題に入る前に、『万葉集』の歌と最初に出会った時の話から始めたいと思います。しばしば聞かれることですが、いままで文字にしたことはありませんでした。

私が初めて『万葉集』の歌を読んだのは、大学一年生の時でした。現在、北米の大学カリフォルニア大学ロサンゼルス校UCLAに勤めておりますが、本来はスペイン育ちのイギリス人です。イギリスに生まれ、スペインに三歳から十八歳まで住み、十九歳の時にまたイギリスに戻り、ロンドン大学のSOASに入りました。SOASはSchool of Oriental and African Studies、つまり、「東洋アフリカ研究学院」の頭字語です。SOASはもともとイギリス帝国の植民地統治者を養成し、監督する諸民族の言語や習慣を研究する大学として一九一六年に設立され、第二次世界大戦の時、諜報機関に勤めた日本語の通訳者や尋問者を育てたところでもあります。戦後になって、イギリスが植民地を放棄するに伴い、SOASの生徒構成が大きく変化し、学部や大学院の学生がイギリスからだけでなく、世界のあらゆるところ（旧植民地も含めて）から来た人たちになり、一九六八年の学生運動も活発であった大学です。私が大学に行ったのは、一九八八年の秋ですが、当時の学部名はまだ「極東学部」（Far Eastern Department）でした（その後は、「東アジア言語文化学部」になり、さらに「中国と内陸アジア学部」と「日本と韓国の言語文化学部」に分かれました）。

「極東学部」での私の専攻は「日本語日本文化」で、一年生の時に日本語をゼロから習い始めました。毎週の授業のほとんどすべては語学で、一つだけ文化の授業がありました。最初のレッスンに卑弥呼《ひみこ》や邪馬台国《やまたいこく》の話があったかと思いますが、おそらく二番目のレッスンあたりに、日本の古代の詩歌《ポエトリー》が出てきました。最初に私たちが読んだポエムはやや長いもので、人麻呂《Hiromaro》という日本の古代の人が、妻が死んだ時に血の涙を流しながら悲しんで作った、というものでした。後にそれは『万葉集』の研究者が「泣血哀慟歌《きゅうけつあいどうか》」と呼んでいる歌（巻二、二〇七〜二一二番歌）だと知りました。

歌の主人公人麻呂が、秘密の恋愛をし、その妻に逢いたいけれども、逢ってしまうと噂が立つので、しばらく妻のところへ行けなくなった。しかし、行けなかった間に、ある日、妻が亡くなったという痛ましい知らせがあった。それを聞いて、悲しさでほとんどわれを失ってしまうという気持ちを表している歌です。

英訳に対する感動

考えてみれば、七世紀末に藤原京《ふじわらきょう》で妻を亡くしたことを嘆く歌が、二十世紀末にロンドン大学の授業にいる者を感動させたのは異常なことだと言わざるをえません。当時の私の「いま、ここ」と、「泣血哀慟歌」における「われ」の「いま、ここ」とはまったく共通のところがないだけでなく、その「われ、いま、ここ」を表現している言語も異なります。一九八八年の秋学期に大学一年生の私が読んだのは、言うまでもなく歌の英訳でした。その英訳を読み、十九歳の私はとても感動しましたが、単に妻が亡くなることは悲しいから感動したのではなく、道に出て亡くなった妻を絶望的に探すという、痛ましさの表現に驚いたのでした。当時、「泣血哀慟歌」の英訳は複数ありましたが、大学一年生の授業のノートは残っていないので、残念ながらどの訳だったか覚えておりません。その代わりに、私が訳したものの一部をここで取り上げます。妻が亡くなったという報せが来たところからです。**資料**①をご覧ください。

この訳は、『万葉集』を二十年以上研究してきた四十代の私によるものです。大学に入ったばかりの十九歳の私が感じたようなことを英語話者の読者に伝えたい気持ちを込めて作った訳です。しかし、この訳の読者の皆さんにその感動が伝わるでしょうか。英語話者ならば是非感動してほしいと思います。というのは、私の英訳が成功するためには、人を感動させなければなりません。訳が正しくても、妻の死を悲しむ歌は人を感動させなければ失敗です。そうするために、日本の古代の歌の表現する意味を保ちながら、歌を英語読者の慣れ親しんだ言葉に作り直す必要があります。その慣れ親しんだ言葉は単なる「英語」ではなく、詩歌として成り立つ英語でなければ、読者を感動させることは難しいのです。

英語の詩歌を読む経験のある方はすでにおわかりになっているかもしれませんが、この英訳は、歌の五七調を、英語の四音＋六音（あるいは七音）に作りかえています。例えば、I knew not what / to say or what to do（言はむすべ　せむすべ知らに）は四音・六音からなっています。五音・七音ではなく、四音・

【資料①】

…I retreated, / but while I yearned for her,/ like the coursing / sun darkens in the evening, / like the shining / moon is obscured by clouds, /she who had swayed / like deep seaweed towards me, / had passed away / like the autumn leaves, so said / the messenger / of the catalpa gem / whose voice I heard / like a catalpa bow, / I knew not what / to say or what to do, / but could not bear / to listen to his words, / and so in search / for something to dispel / a single part / of this thousandfold longing / I went where my / beloved used to go, / Karu Market / and there I stood and listened, / but heard no sound, / not even the birds crying / on the mountain /of gem-corded Unebi / and of all those / who walked the gem-speared road / since there were none / who even resembled her, / all I could do / was to call out her name / and keep waving my sleeves.

（英訳全文は本書巻末に掲載）

…人知れず恋しがっていたところ、空を渡る日が暮れてしまうように、照る月が雲に隠れるように、（沖つ藻の）靡《なび》き寝た妻は、（もみち葉の）別の世界へ旅立ってしまったと、（玉梓《たまづさ》の）使いが言うので、（梓弓）話を聞いてどう言ってよいか、どうしてよいかわからず、知らせだけを聞いてもいられず、私の恋しさの千に一つでも慰められることもあるだろうと、妻が絶えず出かけて見ていた軽《かる》の市に立って耳をすますと、（玉だすき）畝傍《うねび》の山に鳴く鳥の声も聞こえないように、妻の声は聞こえず、（玉桙《たまほこ》の）道行く人もひとりも似た人はいないので、どうすることもできず、（妻の魂を呼び寄せるために）妻の名を呼んで、袖を振ったのであった。

（小川靖彦訳）

六音（あるいは七音）にする理由は、一つは英語の単語の平均音節数は日本語より少ないということにあります。しかし、もう一つは、四音＋六音・七音は英語の詩によく用いられている「弱強五歩格」（Iambic pentameter 弱い音と強い音を交互に五回繰り返して一行をつくる）という韻律の形式にしやすいからです。右に上げた I knew not what / to say or what to do はその完璧な例です。詩歌の韻律を意識しない一般の英語読者はこれに気がつかなくても、無意識的に自分の言語の詩的リズムとして認識することはあるでしょうし、それが感動することに繋がれば、私の英訳は成功する可能性があります。もちろん、翻訳は元の歌の意味することと自分が作り直すポエムとの間の妥協なので、この英訳は成功しているところもあれば、どうやら切り抜けることができたところも少なくないでしょう。しかし、重要なのは、読者を感動させるような英訳でなければ、妻の死を悲しむ歌の「元の意味」が伝わっているとはいえないということです。

しかし、少なくとも一般の日本語話者にとって、『万葉集』の歌の英訳という不透明な言語媒体に対して感動することは難しいでしょう。あるいは、日本語を母語とし、「泣血哀慟歌」をよく知っている方でも、慣れ親しんだ歌を異化された形で読むことによって、ひょっとすると改めて感動することはあるかもしれません。

原文に対する感動

では、英訳はさて置き、『万葉集』そのものを見てみましょう。右の英訳に相当する部分だけを取り上げます。**資料②**をご覧ください。

【資料②】

隠耳　戀管在尓　度日乃　晩去之如　照月乃　雲隠如　奥津藻之　名延之妹者　黄葉乃　過伊去等　玉梓之　使乃言者　梓弓　聲尓聞而　将言為便　世武為便不知尓　聲耳乎　聞而有不得者　吾戀　千重之一隔毛　遣悶流　情毛有八等　吾妹子之　不止出見之　軽市尓　吾立聞者　玉手次　畝火乃山尓　喧鳥之　音母不所聞　玉桙　道行人毛　獨谷　似之不去者　為便乎無見　妹之名喚而　袖曽振鶴

いわゆる「原文」ですが、正確に言えば、『万葉集』の現存の写本の本文研究に基づいた、「泣血哀慟歌」の本文に近いと思われる漢字文を、現代の活字で記したものです。わかりやすくするために、各句の間に空白を入れました。では、これを見て、「泣血哀慟歌」の表現する痛ましさは伝わってくるでしょうか。おそらく、『万葉集』の研究者や愛読者でない人にとっては、『万葉集』の漢字文も不透明な言語媒体であるため、感動することは難しいでしょう。

一方、『万葉集』の漢字文に慣れ親しんでいる読者ならば感動するでしょう。例えば、『万葉集』の研究者の中で、原文をそのまま読める能力に劣る私でも、右の漢字文を振り仮名なしで読めます。もちろん、歌を英訳したからでもあり、他の『万葉集』研究者も、有名な歌だから漢字文の難しいところもすでに記憶に残り、問題なく読めるということもあるでしょう。

『万葉集』の歌を漢字文で読むことにすでに慣れているから読める、ということもあります。そもそも、「聲耳乎　聞而有不得者」を初めて見る句だとしても、「おとのみを　ききてありえねば」と読めるでしょう。引用の最初のところの「隠耳　戀管在尓」は、『万葉集』を知っている人ならば、「こ

もりのみ　こひつつあるに」と推定することも難しくありません（「隠《こも》りのみ恋…」は『万葉集』慣用句です）。右の原文の引用の多くの句もそうです。複数の読み方が考えられる場合もありますが――例えば、「晩去」は普通「くれぬる」と読みますが、「くれゆく」と読む注釈もある――それほど意味を変える違いではありません。『万葉集』を知らない方は「為便」という言葉を読めないでしょうが、『万葉集』の歌を原文で読むことに慣れ親しんでいる人は自然に「すべ」とすぐ読みます。

要は、『万葉集』の研究者なら、右の漢字文は比較的透明な言語媒体であり、そのままの形で歌の表現を十分味わうことができますし、感動を妨げるところはありません。それどころか、不透明な書記のところが感動に繋がる場合もあります。

例えば、「遣悶流」という句は、この歌の文脈で「なぐさもる」と読みますが、『万葉集』の研究者にとっても、極めて込み入った書き方です。「なぐさもる」は「なぐさむ」の連体形「なぐさむる」と同じで、「気持ちを晴らす」意味ですが、「遣」は普通「やる」と読み、「なぐさむ」とは読めません。また、「悶」の字は、『万葉集』中、歌の原文に出てくるのは、この歌ともう一つの人麻呂の歌（一九六番歌）に同じく「遣悶流」とある二か所だけです。「遣悶」の字面は「悶えを遣《や》る」という意味になるので、それに基づいて、「なぐさむ」と読ませているようです。このような込み入った書記の仕方を味わうことも感動に繋がります。私の英訳で、console（慰める、励ます）ではなく、dispel（追い払う、晴らす）としたのは、この「遣悶」の書き方に基づいています。

感動と翻訳

漢字文も詩的感動に重要であるとはいえ、『万葉集』の研究者でさえ普段はルビを振った漢字文か、読み下し文の形で『万葉集』の歌を引用します。私も、拙著 *Man'yōshū and the Imperial Imagination in Early Japan*（『万葉集と古代日本における帝国的想像力』）における歌の引用にルビを振って、英訳に並べて次のように引用しました。**資料**③をご覧下さい。

【資料③】

隠耳《komori nomi》／戀管在尓《kopi tutu aru ni》／度日乃《wataru pi no》／晩去之如《kure nuru ga goto》／照月乃《teru tuki no》／雲隠如《kumo gakuru goto》／奥津藻《oki tu mo》
之《no》／名延之《nabikisi》 妹者《imo pa》／黄葉乃《momiti ba no》／過伊去等《sugite i niki to》／玉梓之《tama dusa no》／使乃言者《tukapi no ipe ba》／梓弓《adusa yumi》／聲《oto》
尓聞而《ni kiki te》／将言為便《ipamu su be》／世武為便不知尓《se mu su be sira ni》／聲耳乎《oto nomi wo》／聞而有不得者《kiki te arieneba》／吾戀《aga kopuru》／千重之《ti pe no》
一隔毛《pito pe mo》／遣悶流《nagusa mo ru》／情毛有八等《kokoro mo ari ya to》／吾妹子之《wagimo ko ga》／不止出見之《yamazu ide mi si》／軽市尓《Karuno iti ni》／吾立《waga tati》
聞者《kike ba》／玉手次《tama da suki》／畝火乃山尓《Une bi no yama ni》／喧鳥之《naku tori no》／音母不所聞《kowe mo kikoezu》／玉桙《tama pokono》／道行人毛《miti yuku pito mo》
／獨谷《pitori dani》／似之不去者《nite si yukaneba》／為便乎無見《su be wo na mi》／妹之名喚而《imo ga na yobite》／袖曽振鶴《sode so puri turu》

このローマ字のルビは、一部変更した訓令式ローマ字です（上代語のハ行を「p」の文字で表しました）。いうまでもなく、日本語話者にとっては、仮名ルビの方がいいでしょう。あるいは、読み下し文にする方がもっとも望ましいかもしれません。実は、私の本の読者のほとんどは日本について研究している人たちなので、英語話者の彼らにも仮名ルビの方が読みやすいと思います。しかし、私がルビをローマ字にしたのは、訓を施しながら漢字文に目を向かせたかったからです。振り仮名は読みやすいから原文は見なくてすむのですが、やや不透明なローマ字ルビにすると、かえって漢字文に注意を払います。

ここで言いたいのは、『万葉集』の歌は漢字文を直接読まない限りは十分味わえないということではありません。むしろ、『万葉集』の読者のすべてが、一種の「訳」に頼っていることを言いたいのです。日本語をまったく知らない異言語の読者が自分の言語での翻訳を通して読むというケースはいうまでもありませんが、読み下し文や振り仮名に頼っている日本語話者も一種の「訳」を通して『万葉集』の歌に対して感動します。漢字文をそのまま読める『万葉集』の研究者や愛読者でさえ、漢字文を読めるようになるまでは、注釈の読み下し文や仮名の訓に頼って漢字文を読んでいたはずなので、それらの「訳」なしで「原文」に近づく道はなかったと思います。

強いて言えば、『万葉集』の享受史は平安時代から現在まで、いくつかの形での「訳」を必要としていたと言えるのではないでしょうか。奈良時代の『万葉集』の本来の形は漢字文だけだったと思われますが、現存最古の写本である桂本《かつらぼん》や他の平安時代の写本のすべては漢字文と並べて歌を平仮名に書き換えていますし、平安後期や中世の写本は漢字文に片仮名の傍訓が振ってあり、江戸時代の版本も同じ形を取っています。『万葉集』の歌に対して感動するためには、一種の「訳」が必要であると言わざるをえません。

Ⅱ　『万葉集』の世界のありよう

古代日本の帝国的世界

詩歌の目的は人を感動させることです。これは近代の理解ですが、古代にも通じる見方です。中国の毛詩《もうし》・大序の「天地《てんち》を動かし、鬼神《きしん》を感ぜしむるは、詩より近きは莫《な》し」や、それに基づいて書かれた『古今和歌集』真名序《まなじょ》の「天地を動かし、鬼神を感ぜしめ、人倫を化し、夫婦を和すること、和歌より宜《よろ》しきは莫し」、また仮名序《かなじょ》の「力をも入れずして、天地《あめつち》を動かし、目にも見えぬ鬼神《おにがみ》をも哀れと思はせ、男女の仲をも和《やは》らげ、猛き武人《もののふ》の心をも慰むるは、歌なり」も同じような発想です。

しかし、近代では詩歌の力は主に個人の感動に関わるものだと考えられているのに対し、古代においては、個人（夫婦、軍人など）に関わる以前に、そもそも全世界を動かすようなものだとされていました。これを大袈裟なことや単なる理想として受け止めるのは間違いです。なぜかというと、古代中国において詩作が「文章」の最高の形態と見なされ、政治世界を動かす官人たちの能力を証明していたからであり、宮廷官人の文化世界を形作る機能をも持っていたからです。『万葉集』の歌（倭歌《やまとうた》）は詩とは異なって、律令官人の実用的な文書の様式とあまり接点がなかったとはいえ、古代日本の律令国家の独自の文化的世界を形作ったことには間違いありません。

人麻呂が生きていたその古代の世界は、一言でいえば、帝国的世界――つまり、天皇を中心とする政治的世界――でした。実際には、ヤマト（「日本」）と名付けられたこの帝国的世界は、中国の漢朝、あるいは唐朝のような大陸帝国と比べるほどの帝国ではありませんでした。しかし、ヤマト朝廷は、漢代およびそれ以前の古典に説かれている、世界全域を掌握する支配者という理想的な存在たることを切望していたことに間違いありません。

すでに、五世紀末の段階でヤマトの王が自らを「天下」の支配者として描き出していた、という考古学的な証拠があります。が、七世紀末以前に関しては、その文献的な証拠が少ないことによれば、長期間にわたって、帝国像は非常に限られたかたちで表出されていたと思われます。六世紀末の推古朝と隋朝との通交において、ヤマトがある程度まで自らを帝国として認識していたことは認められますが、『日本書紀』の記事および発掘された遺物によって、七世紀を通じて徐々に帝国的国家を建設していったことが明らかになっています。しかし、超越的支配者を中心とした法制、領土、時間の支配という側面において定義される、本格的な帝国国家が完成するのは、六七二年の壬申《じんしん》の乱の後、七世紀末の天武《てんむ》天皇とその後継者持統《じとう》天皇の時代まで下ります。

帝国的世界と文字

木簡、暦、官位制、戸籍、計帳《けいちょう》、その他の行政文書が用いられていたという考古学的証拠が示唆しているように、この過程において重要だったのは、ヤマト朝廷内で文字の利用が劇的に広まったことです。このリテラシーの拡大は、律令、神話、歴史、歌集のなかにおいて、ヤマトを帝国として理想的に設定することも可能にしました。

明日香と奈良地域における発掘の成果が示すように、ヤマトの帝国的国家への転換は、七世紀末に政権内で急速に読み書きの能力が高まったことと、それに引き続いて、行政のためのノウハウと中国的帝国における文学の様式をとりいれたことによって促進されました。天武と持統は、「天皇」という称号を採用し、包括的な刑法と行政法（律令）を公布し、「天下」の宇宙論的・政治的中心としての都城《とじょう》を建設しました。天武と持統は国土を公地へと再地域化し、氏族制から天皇を中心とする貴族制に転換するために官位制を変革し、帝国の行政と年中行事を管理するために、新しい暦を導入しました。ヤマト朝廷によって制作された、現存するすべてのテクストは、この帝国的世界を表現したものです。

『古事記』と『日本書紀』は、それぞれ異なった方法をとりながら、神によって創られた「大八洲《おおやしまぐに》」と、後には海外の朝貢国にまで拡張された領域を支配する代々の天皇たちの言行を中心にすえて、長大な歴史を語っています。『万葉集』は、代々の天皇がそれぞれの宮処《みやどころ》において天下を支配するという上述のテクストと同じ歴史的な図式にしたがって、巻一と巻二では明白に、そしてそれ以降の巻では暗に、歌が朝廷の規範的な文化であることを示すものとして、歌集のかたちに編集されたものです。「風土記《ふどき》」は中央政権の支配下にあったさまざまな地域の地勢、産物、そして伝説を記録した地誌です。現存しないものとあわせて、これらのテクストは帝国の秩序というものを文化的な現実として表出しました。つまり、これらのテクストは単に皇統を正統化するだけではなく、さまざまな派閥や集団が自らのアイデンティティをただちに確認できるような、新たに誕生した帝国的王朝の歴史と理念を提供するという役割を果たしていました。

歌と感動

現代の我々の視点から、法律、歴史、神話などが国家の行政に重要だったことや、それらが帝国的世界を表現していたということは、よく理解できることです。しかし、歌や歌集もその帝国的世界を表現していたことに関しては、少し疑問を持たれるかもしれません。では、「天地《てんち》を動かし…和歌より宜《よろ》しきは莫《な》し」という理想が、どのような具体性を持っていたのでしょうか。

この問題を考えるために、もう少し単純な問題から始めた方がわかりやすいかもしれません。古代のことを考えずに、我々現代人が歌を読むこと、あるいは詩を読むことは、どこに価値があるのでしょうか。単純に考えれば、日本の古代の歌を読むことによって、古代の人々の「いま、ここ、われ」として表した感情が、現代の「いま、ここ、我々」に伝わってきます。現代の日本人に伝わるだけではなく、翻訳を通じて日本語がわからない十九歳のイギリス人の大学生にも伝わることはありえます。これは、歌・詩歌の力、または価値、あるいは魅力だと言えるのではないでしょうか。歌を読むことによって、人間の感情というものは普遍的であるということを確認できます。

しかし、この考え方は、研究者から見れば少し甘いと言わねばなりません。一般読者は感情表現の普遍性に感動してもいいのですが、研究者はもう少し冷静に、現代の自分たちと古代との間に距離をとって、古代国家における歌の価値はどこにあったか、という文化史の問題を立てます。読者として感動してもいいわけですが、研究者は感動してはいけません。冷静に問題を考察すべきです。

私も研究者ですから、読者として感動しても、研究者として基本的には歌を冷静に分析しようとします。ただし、古代国家における歌の大切さを徹底的に考えようとすると、結局一般の読者の姿勢に戻らざるをえません。古代国家にとっての歌の価値は、歌が感情表現であるということに結びついているからです。つまり、古代国家が歌を大事にしていたのは、感情を伝えることを大事にしていたからです。歌の感情表現が宮廷の同一性、または共同性に繋がり、歌の力は、複数の人間を、一つの仲間に感情的に統一させる力です。そして、『万葉集』が後の時代に伝わったことによって、その力は時代を超えても機能し、最終的に翻訳を通じて言語を超えても機能するようになりました。

とはいえ、私たち近現代の人たちの感動の仕方、あるいは感動するモティベーションと、古代ヤマトの貴族たちの感動する理由は、果たして同じなのでしょうか。人麻呂の歌を聴いて、人が死ぬ時は悲しくなる、という人間の普遍的な特徴のレベルで、古代の人々は私たちと同じように感動したことでしょう。しかし、他の面では、古代の貴族たちは、私たち現代人とは違う感動の仕方をしていたと思います。

近代における『万葉集』像

それは、古代の人々にとっての理想的な世界像と、私たちの理想的な世界像が違うからです。この理想の違いは、『万葉集』の受容にも関わります。近代において、『万葉集』がポピュラーになった理由の一つは、『古今和歌集』や後の勅撰集《ちょくせんしゅう》と比べて、幅広い階層の人たちの歌が収められているという評価がなされたことです。だからこそ、『万葉集』は近代国家の教育プログラムに役に立つ歌集となりました。近代の日本国民の祖先が作った歌々が『万葉集』に収められていることは、日本国民が昔から変わらずにあったことの証明になります。昔から同じ日本語で、近代と同じように古代の人々が天皇を賛美し、美しい景色に感動し、離れている人を恋していた――、『万葉集』がその証明になりました。強いて言えば、『万葉集』を読むことによって、または、『万葉集』の歌に感動することによって、近代の日本人が、歴史を超えた「われわれ日本人」の意識を身に付けることができるのです。前世紀の日本の近代国家にとって、歌の力、歌の価値は、こういうところにありました。

しかし、このような「国民歌集」としての『万葉集』ともいうべき読み方、または感動の仕方は、ある意味で『万葉集』の誤読（読み違え）だと思います。『万葉集』は古代の人々一般の歌集ではなく、あくまでも貴族社会が作った歌集です。『万葉集』における「われ」は、基本的には貴族であり、その貴族的同一性も、一般の庶民とは一線を画した、集団的アイデンティティーでした。

『万葉集』における想像の帝国

『万葉集』は、複数の段階を経て成立した雑多な歌集で、全体を貫くような分類法や編纂の原則はありませんが、その雑多性の中で一つの原則を見出そうとすれば、それは、幾世代にもまたがる複数の編者が〈天皇を中心とする世界〉の理念的な秩序に積極的に関与しつづけたことだったのではないかと思います。例えば、**資料④**をご覧ください。『万葉集』巻一、雑歌《ぞうか》の巻ですが、巻全体が天皇代ごとに歌を配列しています。

【資料④　巻一の標題】

雑歌
泊瀬朝倉宮御宇天皇代　大泊瀬稚武天皇
高市岡本宮御宇天皇代　息長足日廣額天皇
明日香川原宮御宇天皇代　天豊財重日足姫天皇
後岡本宮御宇天皇代　天豊財重日足姫天皇位後即位後岡本宮
近江大津宮御宇天皇代　天命開別天皇諡曰天智天皇
明日香清御原宮御宇天皇代　天渟中原瀛真人天皇諡曰天武天皇

藤原宮御宇天皇代　高天原廣野姫天皇元年丁亥十一年譲位軽太子尊号曰太上天皇
寧樂宮

ここには取り上げていませんが、巻二も、相聞《そうもん》と挽歌《ばんか》の部立《ぶだて》がそれぞれ天皇代ごとに歌を配列します。この最初の二巻だけを見れば、『万葉集』は〈天皇を中心とする世界〉を描いているという見方にすぐ納得できますが、問題は、巻三から歴史的標題を立てなくなって、『万葉集』は大変雑多な歌集になり、複数の編纂原理が次々に現れてくることです。しかし、複数の編纂原理によって成り立つにもかかわらず、天皇と、天皇が支配する国土の歴史とについて、世代を超えて表象することに力を傾けています。

例えば、**資料⑤**をご覧ください。

【資料⑤　巻七の雑歌部の分類項目】

詠天・詠月・詠雲・詠雨・詠山・詠岳・詠河・詠露・詠花・詠葉・詠蘿・詠草・詠鳥・思故郷・詠井・詠倭琴・芳野作・山背作・摂津作・羈旅作・問答・臨時・就所発思・寄物発思・行路・旋頭歌

巻七の雑歌部のはじめは、類書の論理によって、「天・月・雲・雨・山・岳・河・露・花・葉・蘿《こけ》・草・鳥」というふうに構成されています。天皇が治めている自然の世界の題ごとに歌を「詠む」ことによって、その世界との感情的な結びつきが確認されていきます。そして、その次に載せられている、「芳野《よしの》」「山背《やましろ》」「摂津」という場所における「作」は、帝国的世界の中心である畿内を賛美し、さらに「羈旅《きりょ》作」の項目で外の世界を描いていくのです。

巻八や巻十の季節分類についても、同じことがいえます。また、巻十四の東歌《あずまうた》や巻十五の遣新羅使人《けんしらぎしじん》の歌が、天皇の治めている世界の境界を描いているところも、同じ論理によります。

『万葉集』を貫いている三大部立の「雑歌」「相聞」「挽歌」も、『万葉集』の「本紀」といえる巻一・巻二において、〈天皇を中心とする世界像〉のなかで定義されています。雑歌は天皇の行幸からはじまり、相聞は宮廷の恋愛関係に由来し、挽歌は天皇や皇子を追悼することから起こります。そして『万葉集』の最後の部分、大伴家持《おおとものやかもち》のいわゆる「歌日誌」四巻（巻十七～巻二十）も、巻一・巻二の描いていた〈天皇を中心とする世界像〉をノスタルジアの形で受け継いでいます。

Ⅲ　『万葉集』における「感動」の世界

主権者に対する感動

では、『万葉集』の組織はともかくとして、歌そのものはどのように〈天皇を中心とする世界像〉を表現しているのでしょうか。わかりやすい例はいくつかあります。例えば、**資料⑥**の人麻呂の有名な「吉野讃歌」です。今回は、漢字文と平仮名ルビで歌を引用します。

【資料⑥】

安見知之《やすみしし》　吾大王《わがおほきみ》　神長柄《かむながら》　神佐備世須登《かむさびせすと》　芳野川《よしのがは》　多藝津河内尓《たぎつかふちに》　高殿乎《たかどのを》　高知座而《たかしりまして》　上立《のぼりたち》
國見乎為勢婆《くにみをせせば》　疊有《たたなはる》　青垣山《あをかきやま》　山神乃《やまつみの》　奉御調等《まつるみつきと》　春部者《はるへは》　花挿頭持《はなかざしもち》　秋立者《あきたてば》　黄葉頭刺理《もみちかざせり》　逝《ゆき》
副川之神母《そふかはのかみも》　大御食尓《おほみけに》　仕奉等《つかへまつると》　上瀬尓《かみつせに》　鵜川乎立《うかはをたち》　下瀬尓《しもつせに》　小網刺渡《さでさしわたす》　山川母《やまかはも》　依弖奉流《よりてつかふる》
神乃御代鴨《かみのみよかも》　（巻一、三八）

持統《じとう》天皇の神聖王権による国見《くにみ》の行事で、国土全体を表象する「山河」の神々が「寄《よ》りて奉《つかふ》る」ことによって「神の御代《みよ》」という神聖な世界が成り立つと称賛していることの歌が、〈天皇を中心とする世界像〉を描いていることは、少し見てもすぐにわかります。**資料**⑦の人麻呂の「高市皇子《たけちのみこ》挽歌」の冒頭で壬申の乱の勝利者である天武《てんむ》天皇を称賛している部分についても同じことが言えます。

【資料⑦】

挂　文《かけまくも》　忌之伎鴨《ゆゆしきかも》　言久母《いはまくも》　綾尓畏伎《あやにかしこき》　明日香乃《あすかの》　真神之原尓《まかみのはらに》　久堅能《ひさかたの》　天都御門乎《あまつみかどを》　懼　母《かしこくも》
定　賜而《さだめたまひて》　神佐扶跡《かむさぶと》　磐隠座《いはがくります》　八隅知之《やすみしし》　吾大王乃《わがおほきみの》…　（巻二、一九九）

この歌の「ゆゆしき」「かしこき」の叙述主体が、「やすみしし　我が大君《おほきみ》」（＝天武天皇）を現在の政治的秩序の創立者として称賛していることも明らかです。

集団的感動と個人的感動

しかし、『万葉集』の多くの歌は天皇のことを直接には述べません。『万葉集』における普通の相聞《そうもん》の歌や旅の歌も、はたして〈天皇を中心とする世界像〉によって支配されているのでしょうか。

資料⑧をご覧ください。非常に似ている二首の歌です。

【資料⑧】

真草苅《まくさかる》　荒野者雖有《あらのにはあれど》　葉《もみちばの》　過去君之《すぎにしきみが》　形見跡曽来師《かたみとそこし》　（巻一、四七）

塩氣立《しほけたつ》　荒礒丹者雖在《ありそにはあれど》　往水之《ゆくみづの》　過去妹之《すぎにしいもが》　方見等曽来《かたみとそこし》　（巻九、一七九七）

両方とも亡くなった人を悲しむ歌です。巻九の歌は「過《す》ぎにし妹《いも》」と言っていますから、男の表現として読むべきでしょう。亡くなった妻の形見の地として、潮の香のする荒磯に来た、と歌っています。それに対して、巻一の歌は「亡くなった君の形見の地と思ってこの荒れ野に来たのだ」と、「君」と言っていますから、普通は、これは女性の表現だと考えます。しかし、違います。『万葉集』を知っている方はすでに気がついているでしょうが、この巻一の歌は、女性が、亡くなった夫を嘆く歌ではなく、軽皇子《かるのみこ》（後の文武《もんむ》天皇）が阿騎野《あきの》というところへ行って、亡くなった自分の父親である草壁皇子《くさかべのみこ》を追悼した長歌一首に続く短歌四首の二首目です。歌の言表主体は、軽皇子自身ではなく、その一行全員を代表しています。長歌において、軽皇子が「やすみしし　我が大君《おほきみ》　高照《たかて》らす　日《ひ》の皇子《みこ》　神《かむ》ながら　神《かむ》さびせすと」と、祖父天武《てんむ》天皇と同じような言葉で称《たた》えられ、「泊瀬山《はつせのやま》」を神のように飛び越え、「阿騎《あき》の大野《おほの》に」「古昔《いにしへ》想ひて」旅の宿りをした、とあります。その「古昔《いにしへ》」は祖父天武天皇にも関わりますが、右に挙げた短歌においては、軽皇子を含めて一行全員が「想ふ」対象は、「過去君《すぎにしきみ》」とされます。それは軽皇子の亡き父草壁皇子のことで、亡くなった君（草壁皇子）の形見の地と思って我々はここに来た、と歌われています。

ここで押さえておきたいのは、亡くなった妻を悲しむ表現が、主権者が亡くなった時に使う表現に通ずるということです。これは近代の我々にとっては少しわかりにくいでしょう。天皇、王様、大統領、総理大臣などが亡くなった時に、自分の妻が亡くなったのと同じような悲しさの表現は普通使いません。

ちなみに、私が『万葉集』をUCLAの学部の授業で教える時は、よくこの問題に出合います。学生は英訳で「泣血哀慟歌《きゅうけつあいどうか》」を読んで、ほとんど皆が感動して、高く評価します。一方、同じ作者人麻呂の「高市皇子挽歌」や「草壁皇子挽歌」に対してはあまり感動しません。なぜかと聞いてみますと、「その世界があまりにも自分の状況とは違う」ことや、「そんな集団的な嘆きはおかしい」と言います。「我々の時代に、そのような集団的な嘆きの例はだれか思いつかないですか」と私が尋ねると、よく出てくる答えの一つは、「両親から聞いた話ですが、JFK（ジョン・F・ケネディ大統領）が殺された時はその一例かもしれません」。これに対してある学生たちが「ああ、そうだ、なるほど」と言っても、多くの学生たちはまだ疑問の顔をしています。すると、他の学生は、「ダイアナ（チャールズ皇太子妃）が亡くなった時はどうでしょう」。でもこれに対して、「なるほど」という人がいても、「でもあれは違う」という学生たちの方が多いのです。主権者に対する愛情や悲しみを頭で想像しても、感じることはあまりないらしいのです。妻を嘆いている「いま、ここ、われ」には同情できるが、主権者を弔っている「われわれ」に共感するのは難しいことです。これはおそらく、現代の欧米においても現代日本においても、戦前と戦後社会の違いであるのかもしれません。

個人的感動の位置づけ

　では、個人の悲劇に対して簡単に感動する我々は、果たして古代の人々と同じように感動しているのでしょうか。**資料⑨**をご覧ください。

【資料⑨】

　　紀伊國作歌四首

黄葉《もみちば》之《の》　過去子《すぎにしこら》等《と》　携《たづさはり》　遊《あそびし》礒《い》麻《そを》　見者《みれば》悲《かなし》裳《も》（巻九、一七九六）

塩氣《しほけ》立《たつ》　荒礒《ありそ》丹《に》者《は》雖在《あれど》　徃水《ゆくみづ》之《の》　過去《すぎにし》妹《いも》之《が》　方見《かたみ》等《と》曽来《そこし》（巻九、一七九七）

古家《いにしへ》丹《に》　妹《いも》等《と》吾見《わがみし》　黒玉《ぬばたま》之《の》　久漏牛方《くろうしがた》乎《を》　見《みれば》佐府下《さぶしも》（巻九、一七九八）

玉津嶋《たまつしま》　礒《いそ》之《の》裏《うら》未《み》之《の》　真名子《まなご》仁《に》文《も》　尓保比弖《にほひて》去名《ゆかな》　妹《いもも》觸《ふれ》險《けむ》（巻九、一七九九）

紀伊国を舞台にした四首の連作です。一首目の、

　黄葉《もみちば》之《の》　過去子《すぎにしこら》等《と》　携《たづさはり》　遊《あそびし》礒《い》麻《そを》　見者《みれば》悲《かなし》裳《も》（巻九、一七九六）

という歌は「もみち葉のように死んでしまった妻とかつて手を繋いで遊んだ磯を見ると悲しい」という意味で、亡くなった妻という主題と、「磯」という舞台と、「見れば悲しも」と嘆く主体の男性が表現されます。

これに続く二首目は**資料⑧**で取り上げた歌で、

塩氣立《しほけたつ》　荒礒丹者雖在《ありそにはあれど》　徃水之《ゆくみづの》　過去妹之《すぎにしいもが》　方見等曽来《かたみとそこし》（巻九、一七九七）

「潮の香のする荒磯ではあるが、行く水のように亡くなった妻の形見の地と思って来た」といった意味ですが、この歌の「形見」は巻一の歌と違って、宮廷人全員にとって意義を持つ集団的な「形見」ではなく、悲しんでいる一人の男にとって意味を持つ個人的な「形見」です。続く三首目は、

古家丹《いにしへに》　妹等吾見《いもとわがみし》　黒玉之《ぬばたまの》　久漏牛方乎《くろうしがたを》　見佐府下《みればさぶしも》（巻九、一七九八）

「昔、妻とわたしが見た（ぬばたまの）黒牛潟《くろうしがた》を見ると淋しくなる」というふうに、「荒磯」が具体的な地名「久漏牛方《くろうしがた》」に代わります。構造は一首目に似ていますが、この歌では現在の「われ」が、「見ればさぶしも」と、以前に「妹と吾」が見ていたことを思い出すという、一首目よりはさらに感動させる、哀れを誘う表現になっています。そして最後の四首目は、私の考えでは、『万葉集』中でもっとも痛ましい歌です。

玉津嶋《たまつしま》　礒之裏未之《いそのうらみの》　真名子仁文《まなごにも》　尓保比弖去名《にほひてゆかな》　妹觸險《いももふれけむ》（巻九、一七九九）

「玉津島の礒の浦辺の真砂《まさご》になりと触れて染まって行こう、妻も触れたことだろうから」。最後の

「妹《いも》も触《ふ》れけむ」のところは何回読んでも痛ましい表現です。古今東西、心を動かす歌であることは間違いないですが、〈天皇を中心とする世界像〉とどういう関係があるのでしょうか。

この四首の連作だけでは関係が見出しにくいのですが、一つ言えることは、この連作の作者、あるいは「過《す》ぎにし妹《いも》」を悲しんでいる男の主人公、そして歌の聞き手も、読み手も、皆貴族たちだということです。その貴族たちが都を中心とする畿内をはじめ、天皇の治めている世界のいろいろなところに旅をし、歌を作り、都に残っている人たちもその旅の歌を読み、または旅している人を思う歌を作るのです。

感動の帝国的空間性

これとも関わって、この紀伊国四首の連作の二首目に「荒磯《ありそ》」という言葉があり、巻一の阿騎野の歌にも「荒野」という言葉が出てきます。この「荒《あら》」は『万葉集』によく使われる言葉で、とりわけ旅の歌に多く出てきます。「荒」は、「野生の」、「荒れ果てた」、「未開の」、「野蛮な」という意味ですが、〈天皇を中心とする世界像〉に関する「荒」の意味は、**資料⑩**に取り上げた歌に端的に表現されています。笠金村《かさのかなむら》という歌人が作った長歌の後に据えている反歌二首の一首目です。

【資料⑩】

荒野等丹《あらのらに》　里者雖有《さとはあれども》　大王之《おほきみの》　敷座時者《しきますときは》　京師跡成宿《みやことなりぬ》（巻六、九二九）

「この里は荒れ野であるが、大君《おおきみ》のおわします時は都となる」という歌です。すなわち、都は天皇のいるところにある、という発想に基づいて、天皇の行幸によって荒れ野の里が洗練され、宮廷のような空間となります。天皇の行幸によって「荒野」の里は〈宮廷化〉されるのです。

この論理によって、巻一の阿騎野の短歌と、巻九の紀伊国の歌における「荒」を解釈すれば次のようになります。巻一の阿騎野の短歌の「荒野《あらの》にはあれど　黄葉《もみちば》の　過《す》ぎにし君《きみ》が　形見《かたみ》とそ来《こ》し」における「荒野」は、草壁皇子がよく狩猟に来ていた場所だから、亡くなった草壁の形見の地となり、草壁の息子である軽皇子が、亡き父と同じように、その「荒野」に狩りに来ることによって、将来の「東宮《とうぐう》」である軽皇子の軍事的な力、または政治的な力が象徴されています。これと関わって、「荒野」と呼ばれた阿騎野が、三首目で「東《ひむかしの》野《の》」と呼ばれることも示唆的だと思われます。

紀伊国四首の二首目の「荒磯」はこれと違って、少なくとも政治的征服とは直接の関係はありません。しかし、宮廷の人たちが行政している地方に対する感情的な関係を作るという意味では、一種の文化的征服、または文化的獲得とも考えられます。この連作は紀伊国を舞台にしており、歌の中には地名も出てきます。「くろうしがた」「たまつしま」です。これらの地名と、妻の死を悲しむ感情表現とが、歌のなかで結びついているわけです。これらの歌は、紀伊国の地名を、感情的風景に作り上げています。言い換えれば、紀伊国のこれらの地名や風景が、宮廷の貴族たちにとって感情に訴える場所となればなるほど、天皇が治めている世界の一部として表現されていくのではないでしょうか。宮廷の洗練された歌の文字文化が、天皇が治めている世界に広がっていくことが想像されているのです。そしてその想像は、宮廷の人たちが、天皇に代わって自分たちが行政している地方に対する感情的な関係を作っていきます。

歌におけるこの感動の〈帝国的空間性〉は、**資料**⑪の人麻呂「羇旅歌《きりょか》八首」によく示されています。

【資料⑪　人麻呂「覊旅歌八首」より】

粟路之《あはぢの》　野嶋之前乃《のしまのさきの》　濱風尓《はまかぜに》　妹之結《いもがむすびし》　紐吹返《ひもふきかへす》（巻三、二五一）
荒栲《あらたへの》　藤江之浦尓《ふぢえのうらに》　鈴寸釣《すずきつる》　白水郎跡香将見《あまとかみらむ》　旅去吾乎《たびゆくわれを》（巻三、二五二）
留火之《ともしびの》　明大門尓《あかしおほとに》　入日哉《いらむひや》　榜将別《こぎわかれなむ》　家當不見《いへのあたりみず》（巻三、二五四）
天離《あまざかる》　夷之長道従《ひなのながちゆ》　戀来者《こひくれば》　自明門《あかしのとより》　倭嶋所見《やまとしまみゆ》（巻三、二五五）

例えば、

粟路之《あはぢの》　野嶋之前乃《のしまのさきの》　濱風尓《はまかぜに》　妹之結《いもがむすびし》　紐吹返《ひもふきかへす》（巻三、二五一）

において、西に下る旅で「野島」という地名と、紐を結んでくれた「妹」に対する恋しさが結ばれています。また、

留火之《ともしびの》　明大門尓《あかしおほとに》　入日哉《いらむひや》　榜将別《こぎわかれなむ》　家當不見《いへのあたりみず》（巻三、二五四）

では、畿内の境である「明石の大門」を越えたところで、都が見えなくなり、家に対する恋しさが一層激しくなる気持ちが歌われています。このように、天皇が治めている地形に感情的な意義を与えることによって、都は政治世界の中心、かつ感情表現の中核として描かれています。

明石海峡は海路における畿内の西の境界ですから、「明石の大門」を過ぎると、「夷《ひな》」の地に入ります。「夷《ひな》」の地に対して不安や恐れを表現する歌は多く、右の歌に続く一首は、東に上る旅の歌で、明石の門に入ったところで倭《やまと》が見えるようになったという、帰りの喜びを表現しています。

天離《あまざかる》　夷之長道従《ひなのながちゆ》　戀来者《こひくれば》　自明門《あかしのとより》　倭嶋所見《やまとしまみゆ》（巻三、二五五）

畿内の地名を歌の素材にすることによって、天皇世界の諸々の地名を空間的なヒエラルキーに形作ります。これは巻一の歌の配列にも目立っている原理です。例えば、「近江荒都歌《おうみこうとか》」（巻一、二九）において、天智《てんじ》天皇が「天離《あまざか》る夷《ひな》にはあれど」、畿内の北の境である近江に遷都したことが歌われています。また、天智天皇の娘であった阿閇皇女《あへのひめみこ》（後の元明《げんめい》天皇）は、畿内の南の境界である「背《せ》の山」を「倭《やまと》にしては我《あ》が恋《こ》ふる」（三五）ところだとし、人麻呂の「留京《りゅうきょう》三首」に続く当麻麻呂《たぎまのまろ》の歌には、畿内の西の境である「隠《なばり》の山」が「吾《わ》がせこはいづく行《ゆ》くらむ」土地（四三）として描かれています。

旅に出ている宮廷官人は原則として「天《あめ》の下」の中心である都を恋しく思い、「夷《ひな》」は「天離《あまざかる》」ところで、恋しく思うところではありませんが、それと同時に、「夷《ひな》」の地名を賛美や恋の対象に歌い上げることによって、天皇が治めている文化世界が広がっていくというわけです。

資料⑨の紀伊国四首の「玉津島」も、畿内の境である「背の山」のさらに南にあり、「夷《ひな》」の地に当たります。もっと有名な例を挙げれば、人麻呂の「石見相聞歌《いわみそうもんか》」（巻二、一三一～一三七番歌）では、主人公人麻呂が「石見国より妻に別れて上り来る時」、都へ向かわなければならないという義務の旅の中で——すなわち「公」に対して義務を果たすための旅の中で、石見に置いてきてしまった妻を恋しく思う「私」の心が歌われています。これによって、天皇の治めている世界の異国的な地である「浦《うら》なしと人こそ見らめ」（入り江になった浦がない、と人は見ているだろうが）の石見の「荒磯《ありそ》」は、宮廷人の想像のなかで憧れの地となります。

「泣血哀慟歌」に立ち戻って

十九歳の私を感動させた「泣血哀慟歌」に戻りましょう。これは旅の歌ではなく、藤原京《ふじわらきょう》周辺を舞台としていますが、いろいろな面で、同じ作者人麻呂の「石見相聞歌」に共通しているところがあります。両方が妻を主題とし、歌の構造の面でも、異伝の状況の面（異文《ヴァリアント》を「異伝」と言います。両方の作品には多くの異伝があり、長歌一首丸ごとの異伝も『万葉集』に掲載されています）でも、似ているところが多く、巻二における相聞の部と挽歌の部のそれぞれの歌の位置も似かよっています。一方、前者は妻の死を嘆き、後者は（別人の）妻との別れを惜しむ歌であることは異なりますが、もう一つの重要な違いは、後者は都から遠く離れ、多くの都の人たちが直接知らない「石見」を舞台にしている点であり、前者は都周辺の、都の人々の日常生活に関わっていた「軽《かる》の道」や「軽の市」を舞台としています。

人麻呂作品の中でいわゆる「個人的感動」を例示しているこの二作品が、天皇が治めている世界の中心である都を舞台にした歌と、天下の果てともいえる石見を舞台にしている歌で、対照をなすことは偶然とは思えません。いずれも〈天皇を中心とする〉官人の世界を描き、主人公の位が曖昧である以上、あらゆる階層の官人の感動を呼び起こすのにふさわしい歌だったと思われます。人麻呂の歌をはじめ『万葉集』の歌は、天皇の治めている世界における宮廷官人の支配的な位置づけを、このように文化的、および感情的な現実として意識させたのではないでしょうか。

IV　おわりに

『万葉集』の言語

十九歳の私が感動した「泣血哀慟歌《きゅうけつあいどうか》」は現代英語による翻訳でしたが、藤原京《ふじわらきょう》や平城京《へいじょうきょう》の官人たちを感動させた時、この歌は何語だったのでしょうか。それは「古代日本語」だといえば、ある意味では正しいと言えます。「泣血哀慟歌」の言葉は、現代日本語と系譜関係を持つ言葉だということは事実です。しかし、その「古代日本語」は現代の日本語のように流通した口頭言語として理解するならば間違いです。

天飛也　軽路者　吾妹兒之　里尓思有者　懃　欲見騰　……

右の「泣血哀慟歌」の冒頭の六句の漢字文が例示するように、『万葉集』の言葉は何よりもまず書記言語です。すなわち、〈天皇を中心とする世界〉を管理している官人たちの文字文化の言語なのです。『万葉集』の漢字文を読む（訓読する）ことによって成り立つ言葉は、七、八世紀の日本共通の標準語ではありませんでした。宮廷の言葉は畿内地方の方言に基づき、官人たちが仕事に使っていた漢字漢文に影響され、一般の庶民と一線を画した貴族階級の文化を通して精錬された言葉でした。さらに『万葉集』の歌の言葉は、漢詩の訓読から発生した表現を取り込みながら字音語を排除し、枕詞《まくらことば》のような古風な歌詞を意識的に採用し、人工的に精錬された、韻律にもかなう言葉です。『万葉集』の歌に対して感動するには、古代の宮廷社会に接した人でなければなりません。宮廷の自分たちとそれ以外の人々との社会的・文化的距離は、先の**資料**⑪でみた人麻呂「羈旅歌《きりょか》八首」の次の歌によく表されています。

荒栲《あらたへの》　藤江之浦尓《ふぢえのうらに》　鈴寸釣《すずきつる》　白水郎跡香将見《あまとかみらむ》　旅去吾乎《たびゆくわれを》（巻三、二五二）

藤江の浦で旅をしている自分が、他人に、そこで釣りをしている海士《あま》に間違えられるだろうか、という歌です。歌の主体はあくまでも旅をしている宮廷の人です。宮廷人の自分が宮廷を離れることによってただの海士に見えるかもしれない、という発言は、同じ宮廷社会に属している人たちに対して言っているわけです。同じ宮廷の人たちにしかわからない、文字文化の〈歌〉の形で言っていますし、宮廷を離れても宮廷人でいられるかという不安な気持ち、あるいは、宮廷人でない自分をいったん想像してみる遊び心に対して感動できるのも、宮廷人にほかなりません。

右の「羈旅歌八首」の歌における「われ」の叙述主体にしても、「泣血哀慟歌」の叙述主体にしても、『万葉集』の歌のすべては、〈天皇に仕えているわれわれ〉の宮廷社会の中の「われ」でしかありません。『万葉集』における「東歌《あずまうた》」や「防人歌《さきもりうた》」もその例外ではなく、東国方言で歌が作られることは、宮廷の文化を代表する「万葉語」という詩的言語の地理的な広がりを象徴しており、また防人に歌を作らせることは、兵士たちに官僚意識の文化的表現を身につけさせることです。いずれも、〈天皇を中心とする〉文化的世界の広がりを意味しています。『万葉集』の歌に対して感動する者たちは、皆、〈天皇に仕えているわれわれ〉であるからこそ、互いに共感しあえる仲間であったのです。

世界文学と日本文学

現代の我々はその宮廷社会の仲間に接することはもちろんできませんが、歌を勉強し、研究することによって、ある意味でその文化的遺産に接近することができ、『万葉集』の現代の読者たちという、共感しあえる仲間に入ることができます。古代の書物である『万葉集』が近代において「日本文学」になったということは、このように〈日本国民〉が互いに共感しあえる対象として『万葉集』が取り上げられたということであり、それは翻訳や教育なしではありえないことです。つまり、近代日本の歴史の上に成り立ったことなのです。

同じように、十九歳の私が「泣血哀慟歌」を英訳で読んだ意義は、その遺産である『万葉集』がすでに翻訳の過程を通して〈世界文学〉になっていたからで、それは、二十世紀の歴史の上でのことであり、イギリスの帝国主義、大日本帝国時代、第二次世界大戦などの上に成り立ったことです。ロンドン大学の学部生が世界の果て（＝「極東」）の国であった日本の古代文学を英訳で読んで感動したのは、この歴史とは無縁ではなかったのです。これからの二十一世紀の古代文学研究かどのようになっていくかはわかりませんが、現代の人間が過去をふりかえりながら共感しあえる感動的空間を作っていく過程になることは間違いないでしょう。

□参考文献

市瀬雅之「編纂論の研究史」『万葉集の今を考える』美夫君志会編、新典社、二〇〇九年。
市瀬雅之・城﨑陽子・村瀬憲夫『万葉集編纂構想論』笠間書院、二〇一四年。

小川（小松）靖彦『万葉学史の研究』おうふう、二〇〇七年。
小川（小松）靖彦『万葉集――隠された歴史のメッセージ』角川選書、二〇一〇年
小川（小松）靖彦『万葉集と日本人――読み継がれる千二百年の歴史』角川選書、二〇一四年
大浦誠士『万葉集の様式と表現』笠間書院、二〇〇八年。
神野志隆光『万葉集をどう読むか――歌の「発見」と漢字世界』東京大学出版会、二〇一三年
茂野智大「「泣血哀慟歌」第一歌群の構成」『万葉』二二二号、二〇一六年五月。
品田悦一「漢字と『万葉集』――古代列島社会の言語状況」『古典日本語の世界――漢字がつくる日本』東京大学教養学部国文・漢文学部会編、東京大学出版会、二〇〇七年。
品田悦一「神ながら栄えゆくべき世界――『万葉集』における神聖王権の表象とその消長」『国語と国文学』九三―一一、二〇一六年一一月。
品田悦一「神ながら栄えゆく世界――『万葉集』巻一・巻二における神聖王権の表象」『文学』一六―三、二〇一五年五月。
品田悦一「神ながらの歓喜――柿本人麻呂『吉野讃歌』のリアリティー」『論集上代文学』第二十九冊、笠間書院、二〇〇七年四月。
品田悦一『万葉集の発明』新曜社、二〇〇一年
Duthie, Torquil. *Man'yōshū and the Imperial Imagination in Early Japan*. Brill, 2014.
トークィル・ダシー「『万葉集』の統一性をめぐって」『国語と国文学』九三―一一、二〇一六年一一月。
鉄野昌弘『大伴家持「歌日誌」論考』塙書房、二〇〇七年。
鉄野昌弘「防人歌再考――「公」と「私」――」『万葉集研究』第三十三集、塙書房、二〇一二年。

西澤一光「『万葉集』集蔵体論の展開——テキストと歴史の問題をめぐって」『万葉集研究』第三十四集、塙書房、二〇一三年。
身﨑壽『人麻呂の方法——時間・空間・「語り手」』北海道大学図書刊行会、二〇〇五年。
Lurie, David B. *Realms of Literacy: Early Japan and the History of Writing*. Harvard University Asia Center, 2011.

■講演を聴いて—コメントとレスポンス

文学研究の基礎にある「感動」

小川靖彦　本日のお話には二つの大きなポイントがあったように私は受け止めています。

一つめは、『万葉集』に対する、読者としての「感動」の大切さです。ダシーさんがどのようにして『万葉集』に出合ったかについて、今日初めて伺いました。以前、ロサンゼルスで、「ダシーさんは、『万葉集』の中でどの歌が好きですか」と不躾な質問をしたことがあります。その時は曖昧にしか答えてくださいませんでした。

このような質問をしたのには、実は理由がありました。戦後の万葉集研究を牽引してきた、一九二〇年代、三〇年代生まれの人々の研究には、『万葉集』の歌に対する強い「感動」が感じられます。ところが、一九四〇年代以降に生まれた研究者たちは、むしろ意識的に『万葉集』との間に距離を置くようにしています。しかし、私は、今日、研究の基礎として、もう一度、「感動」というものを見直してもよいのではないかと思っています。『万葉集』に限らず、文学の研究は、作品に対する自分自身の共感――「愛情」と言ってもよいかもしれません――なくして成り立たないと思います。そこで、私よりもさらに若いイギリス人のダシーさんが、どのようなスタンスで『万葉集』に向き合っているかを知りたかったのです。

ダシーさんが十九歳の時に、柿本人麻呂《かきのもとのひとまろ》の「泣血哀慟歌《きゅうけつあいどうか》」（巻二、二〇七～二一二）に感動したというお話を伺い、私はとても嬉しく思いました。

創られたものとしての〈感情〉

小川　二つめは、その上で、研究者は、読者としての自分の「感動」を離れて、『万葉集』の時代の人々が何に感動しているのかを、冷静に、知性的に捉えてゆくことの重要性です。つい私たちは、現代の私たちが感動するように、『万葉集』の歌人たちも感動していたはずだと考えがちです。

例えば、「泣血哀慟歌」に歌われている、妻を失った悲しみは、現代の私たちにも通ずるものであり、そうであるからこそこの作品に感動するのだ、と説明してしまいます。しかし、本日のお話にもありましたように、この作品は、誰にでも通ずる、一般的な妻の喪失を歌ったものではありません。この歌の舞台である「軽《かる》の道」や「軽の市」は、ダシーさんが言うように藤原京《ふじわらきょう》という都市に住む人々の日常生活に関わる場所です。

そして、私は、その「軽の市」を生活の場としていた、この作品の主人公の妻を身分の低い女性と考えます。また、人麻呂の時代には、市は政府が公的に設けるものでした。ダシーさんは、この歌の主人公の位は曖昧と言いましたが、私は市の管理を行う中下級の官僚として設定されているのではないかと思ったりしています。都市の周辺にあって――「軽」は藤原京の南西のはずれに位置していました――、人と物とが行き交い、都市の繁栄を象徴するような場所での、身分を超えた密やかな愛と喪失の悲しみを描いたのがこの作品です。つまり、日本古代では初めて誕生した藤原京という都市の中で生まれた挽歌であることを忘れてはならないのです。

人麻呂のもう一つの代表作である「石見相聞歌《いわみそうもんか》」も、どこかの赴任先に妻を置いていかねばならないという、誰にでも通ずるような悲しみを歌っているわけではありません。律令制度のもとで、都から最も遠い僻遠の地に派遣された官僚の、現地で娶った妻との愛と別離を描いているのです。

私も、人麻呂の作品の中で、天皇讃歌や皇族への挽歌などの〝公的〟な作品に対して、〝私的〟な作品と言われている「泣血哀慟歌」「石見相聞歌」が、持統《じとう》天皇のもとで整備される律令制度と深く関わっており、〝公的な〟性格を持っていると考えていました。しかし、本日のダシーさんの見方は、それに止まらない衝撃的なものでした。現代の私たちにも共通していると思いがちな、これらの作品の痛切な悲しみは、古代日本の帝国的世界における〈文化〉として創り出されたものであった、というのです。

そして、ダシーさんの見方によれば、『万葉集』の〝豊かな感情表現〟と言われるものは、すべて古代日本の帝国的世界――つまり、天皇を中心とする政治的世界の〈文化〉として誕生したことになります。お話を伺いながら、若い頃に読んだ、日本の「一本一草に天皇制がある」という中国文学者の竹内好《たけうちよしみ》のことば（「権力と芸術」『竹内好全集』第七巻、筑摩書房、一九八一）が鮮明に蘇ってきました。

私たちが当たり前と思っている〈感情〉が、歴史的に創り出されたものであり、その大きな枠組みとして、天皇を中心とする政治制度がある、ということを、本日のお話は、私たちにはっきりと示してくれました。

枕詞の翻訳の難しさ

小川　ダシーさんは、「泣血哀慟歌」のご自身による英訳を音読してくれました。私はその韻律の美しさに本当に魅了されました。資料に挙げられた英訳の文字を追ってゆくと、枕詞《まくらことば》をきちんと英訳していることが注目されました。この枕詞の英訳も、韻律の美しさの要素の一つであると思います。それにしても枕詞の英訳は容易ではなく、今までの翻訳者たちも苦労しています。ダシーさんは、枕詞の翻訳については、どのような考えを持っているのでしょうか。

トークィル・ダシー　枕詞の翻訳は難しいですね。丁寧に翻訳すると原文以上の意味を持ってしまいます。私の訳し方は、たぶん注を付けないとわからないかもしれません。例えば、「玉だすき」。これは、日本語で読んでも意味がよくわかりません。gem-corded と訳しました。美しく聞こえますが、それが何かはよくわからない――私はそういう風に枕詞を訳します。

小川　「泣血哀慟歌」の冒頭の枕詞「天飛《あまと》ぶや」を heaven-soaring と訳しているのもとても面白く思いました。人麻呂の歌の美しさを伝えるもののように感じます。

ダシー　なぜ heaven-soaring と訳したかというと、soar（空高く舞い上がる）ということばは〝心が soar する〟というような使い方もされるからです。自分の喜怒や期待が飛ぶ、ということです。歌の最初の方では、叙述主体はまだ妻が亡くなったことを知りません。妻の方に心が飛ぶので「天飛ぶや」という枕詞が入ってくるとしました。しかし、よくわかりません。

小川　そのような枕詞の訳し方が、お話の中で言われた「感動させる翻訳」ということに繋がってゆくように思うのです。それにしても、特に人麻呂の枕詞、序詞《じょことば》は非常に英訳しにくいものです。エドウィン・A・クランストンさんの「石見相聞歌」第二長歌（巻二、一三五）の序詞の英訳（*A Waka Anthology Volume One: The Gem-Glistening Cup*. Stanford: Stanford University Press, 1993）は、意味の点では正確なのでしょうが、ほとんど詩としては読めなくなっています。

ダシー　クランストンさんは、長い時間をかけて『万葉集』の歌を訳しているので、訳した時期によってスタイルが変わっています。人麻呂の歌は若い時の訳だそうで、十九世紀の詩のスタイルを借りています。私の個人的な意見では、人麻呂にあまり合わないと思いますが、高橋虫麻呂や大伴家持の歌のクランストン訳は素晴らしいと思います。ところで、クランストンさんの学部の授業を受けたコロンビア大学准教授のデイヴィッド・ルーリーさんはクランストン訳が大好きだそうです。おそらくルーリーさんは学部生の時にクランストンさんによる『万葉集』の英訳に対して感動したのでしょう。機会があれば、ルーリーさんに聞いてみます。

小川　ダシーさんによる人麻呂の歌の英訳は、いつ本として出版されるのでしょうか。

ダシー　私の訳のほうは、まだ完成していないのです。あと二、三年ぐらい先かな……。

小川　出版されることを、とても楽しみにしています。

「帝国」ということばについて

小川　本日のお話では、ダシーさんは「帝国」ということばで、『万葉集』、あるいは七、八世紀の国家像・世界像を捉えられました。実は今日の講演のタイトルですが、ダシーさんからは「古代日本における帝国的世界と『万葉集』」というタイトルをいただいていました。「帝国的世界」は少し難しいので、本日の講演では、「古代日本の世界像と万葉集」に変えてもらいました。

「帝国」という捉え方は、歴史学者の石母田正《いしもだしょう》のいわゆる「東夷《とうい》の小帝国論」を踏まえたものと思います。しかし、「帝国」という用語は、どうしても近代の「大日本帝国」をイメージさせてしまうところがあり、無理を申し上げて、変えてもらった次第です（注、この本ではダシー氏の意図を優先し、タイトルを「『万葉集』における帝国的世界と「感動」」としました）。その近代的な「帝国」と、日本古代の「帝国」との違いについて、ご説明ください。

ダシー　確かに、「帝国」という日本語は、私が『万葉集』に対して使うimperialという英語とは、意味にずれがあります。日本古代では、「帝国」ということばは、例えば、『日本書紀』において、百済に対してヤマトが「帝国」と呼ばれている例があります。もちろん、それは近代的な「帝国」とは異なります。

しかし、古代の「帝国」も近代の「帝国」もimperialと言うことによって、より広く議論ができることになります。日本近代史の研究者たちは、私が日本古代についてimperialということばを使うと、皆、「それは近代からではないですか」と言います。しかし、imperialは近代からとしてしまうと、なぜ日本古代で「帝国」ということばが使われたのかが、わからなくなります。そもそも英語でも、imperialということばは、「ローマ帝国」から来ています。古代ローマに「帝国」があったのです。

現代日本語の「帝国」には、ローマ帝国以来ヨーロッパで使われて来たimperialの翻訳語としての面と、日本古代に『日本書紀』などで使われた「帝国」の面との両方があります。日本では、「帝国」というと近代に導入されたimperialの翻訳語の方を意識してしまい、『万葉集』について「帝国」と言うことに違和感を抱いてしまうのでしょう。私は皆さんが違和感を持っても、「帝国」ということばを敢えて使いたいと思っています。

小川　わかりました。「帝国」という古代日本に使われたことばを使用することで、古代日本に即した国家像・世界像を捉える一方で、より広い視野から日本の「帝国性」を明らかにしてゆく、というスタンスなのですね。

古代と近代における〈天皇を中心とする世界〉

小川　この「帝国」という捉え方とも関わる問題ですが、古代の人々にとっての理想的世界像と現代の私たちの理想的世界像は違うというお話がありました。また、近代の日本人が、『万葉集』の歌に感動することで、歴史を超えた「われわれ日本人」の意識を身に付けようとした、ということも言われました。品田悦一《しなだよしかず》さんの言う、近代における「国民歌集」としての万葉集像の創出という考え方（『万葉集の発明　国民国家と文化的装置としての古典』〈新曜社、二〇〇一〉など）を念頭に置かれてのことと思います。

このような『万葉集』の受容は、一種の〝誤読〟と言うことができます。しかし、全くの〝誤読〟なのでしょうか。ダシーさんの言うように、『万葉集』自体が帝国性を持っているとすれば、それを極端に押し広げる形で、近代日本が『万葉集』を受け取っていった、ということも考えられます。つまり、近代日本の受容は〝誤読〟であるけれども、〝誤読〟させるだけの理由が、『万葉集』の側にもあったと思われるのですが、いかがでしょうか。特に、近代日本では、天皇に対する強い忠誠心を『万葉集』に読み込みました。これも〝誤読〟を含んでいますが、〈天皇を中心とする世界〉を強く意識させるものが『万葉集』の方にも実はあったのではないでしょうか。

ダシー　難しい質問です。確かに〈天皇を中心とする世界〉というところは同じように見えますが、実は重要な違いがあります。前近代では、特に古代では、天皇はゆらぎの社会の一番上に位置しています。縦社会、あるいはピラミッドのような社会のトップに天皇がいます。一方、近代になると、「国民」というカテゴリーができて、天皇に対して皆が平等の立場に立つことになります。天皇を中心とする社会といっても、古代と近代ではこのような違いがあります。

　それが「国体」ということばにも表れています。近代では、「国体」の「体」は、日本人が皆一つであることの比喩となっています。例えば、井上哲次郎（一八五五～一九四四。明治～昭和時代の思想家）のいう「国体」は、天皇を中心とする日本民族の一体性を表しています。しかし、江戸時代の会沢正《あいざわせい》志斎《しさい》（一七八二～一八六三。江戸時代後期の思想家。水戸藩士）の国体論における「国体」は、社会の上下関係の比喩として用いています。頭が上にあって、足が下にあり、それが自然の秩序だ、と言うのです。頭にあたるのは、もちろん天皇です。

小川　〈天皇を中心とする世界〉ということは、古代と近代とで共通する、しかし、その社会のあり方が違う、ということですね。〝誤読〟ということで言えば、近代の戦争下の日本では、「ますらを」が軍人の理想とされました。武士を意味する「もののふ」よりも、『万葉集』に出てくる、勇敢な男子という意味の「ますらを」の方が好まれたのです。「もののふ」がピラミッドのような社会を前提とすることばであるのに対して、「ますらを」は距離を一気に乗り越えて、天皇の側近くお仕えするというイメージがあります。天皇に対して皆が平等の立場に立つ近代日本にとっては好都合なことばであったのでしょう。一方、古代で「ますらを」を強く意識したのは大伴家持《おおとものやかもち》でした。厳しい政治状況に追い込まれてゆく中で「ますらを」たることを熱烈に追い求めたのです。事実というより理想であったからこそ、近代日本の人々が、これに自分たちの理想像を重ねることができたのではないかと思います。

『古今和歌集』をどう捉えるか

小川　ところで、〈天皇を中心とする世界〉を問題にする時、『古今和歌集』はどのように捉えればよいのでしょうか。『古今和歌集』の世界観も、天皇を中心としています。春夏秋冬の循環する時間に沿った季節歌の配列は、天皇による時間の支配を表しています。この世界観は「帝国的世界」と言ってよいのでしょうか、それとも、そうは言えないのでしょうか。

ダシー　『古今和歌集』もやはり〈天皇を中心とする世界〉です。しかし、それは宮廷の世界に限られていきます。『万葉集』は外に広がっていきます、少なくとも理想的には。実際には宮廷の世界なのですが……。『古今和歌集』にも「東歌《あずまうた》」がありますが、『万葉集』の「東歌」とは全く違います。

小川　本日のお話は『万葉集』の問題でありつつ、さらに日本の詩歌の感情表現とは何か、という根源的な問題に関わってくるものと思います。そこで、長く日本の詩歌の〝規範〟とされてきた『古今和歌集』を視野に入れるとどうなるかと思い、質問しました。

『万葉集』の「君」という呼称

小川　会場にカリフォルニア大学サンタバーバラ校教授のルーク・ロバーツさんがいらしています。ロバーツさんは江戸時代の歴史が専門です。先ほど、「帝国」や「国体」について江戸時代と日本近代の繋がりの話も出ました。それについて、または別のことでも結構ですから、コメントしてもらいたいと思います。

ルーク・ロバーツ　すごく面白かったです。一つだけ質問していいですか。歴史を研究している者としては、「君《きみ》」ということばは、まず天皇を指すものと考えます。ところが、今日の資料に挙げられた『万葉集』の歌では、「君」は天皇以外の人にも使われています。このことについてどう考えますか。やはり天皇と人々の感情を繋げるために、天皇を指す「君」が、それ以外の人々にも用いられているのでしょうか。

ダシー　『万葉集』における「君」ということばの使い方には、少し難しいところがあります。天皇だけでなく、皇子にも使います。男に対しても「君」と言いますが、この場合は「君」を英語に訳すと、Sir でしょうか。尊敬を含んだ呼び方です。Gentleman という感じです。「君子」に近いと言えば近いのですが、「君子」とは別に考えた方がよいでしょう。「君子」としての「君」については、漢籍も視野に入れて考える必要があります。

小川　ロバーツさんは、現在私たちが使っている、江戸時代の政治制度を表すことばが、幕末から明治にかけて確立されたことについて研究を進めています。江戸時代には、「幕府」は「公儀」というのが一般的で、その「公儀」が「朝廷」とも呼ばれました。ロバーツさんは、十三世紀初期から十八世紀までの日本には、ある意味で天皇は存在しなかった、という面白いことも言っています。この時期の天皇は、「禁裏（様）」「禁中（様）」「天子（様）」「当今」「主上」と呼ばれ、「天皇」とは呼ばれなかったからです。「君」に関連することばでは、徳川将軍の対外的呼称に「日本国大君《たいくん》」があります。江戸時代に自由度の高かった呼称が、近代には天皇を中心に整理されてゆき、それらが私たちの〝常識〟になっているのです。

本日のダシーさんのお話に引きつけると、『万葉集』の「君」は広い範囲で使われ、女性が男性の恋人に対しても言う。このような身近な「君」が、天皇に対しても使われる。そこに実は大きな問題が隠されているのではないか、というのがロバーツさんの質問の意図かと思います。『万葉集』の、天皇に対する「大君」「君」という呼称を、ダシーさんは英語にどう訳しますか。

ダシー　Lordでしょうか。よいことばかどうかは別として、他にことばがありません。Lordは男性にしか使いませんので、女性に対して「大君」と言う時には、非常に困ります。これをLadyと言うと、違ってしまいます。

小川　英語ではLordとSirと区別するものが、『万葉集』では「君」一つで済んでしまうのですね。

ダシー　ただし、Lordは君主にも、夫にも使えると思います。女性が夫に対して、少し尊敬を込めて「君」と言う時には、Lordでもよいと思います。

会場から　天皇に対して「大君」「君」と言う時に、Majestyは使えないでしょうか。

ダシー　使えると思います。

会場から　しかし、Majestyは貴族には使えませんね。

小川　私たちが『万葉集』を読む時、「君」が天皇にも恋人にも使われることにあまり注意を払いません。しかし、『万葉集』の感情表現が古代日本の帝国的世界の〈文化〉として創り出された、という今日のダシーさんのお話からすると、恋人も「君」、天皇も「君」と呼ぶことは、〝私的〟と見える相聞歌や挽歌が、天皇讃歌まで地続きであるという『万葉集』の帝国的世界を象徴するものであるように思われます。

■会場からの質問への回答

※会場の四人の方から質問がありました。その要点を整理し、ダシー氏の回答を記します。

(1)『万葉集』の歌を英訳する時に、特に重視していることは何か。

ダシー　配布資料の「泣血哀慟歌《きゆうけつあいどうか》」の英訳のように日本語の原文が付いているものと、そうでないものとでは、翻訳の性質が全く違ってきます。例えば、大学院生や、『万葉集』が少し読める人や、日本語が読める人のためであったならば、日本語の原文を付けて、これに頼りながら翻訳を書き記すことができます。少し下手に翻訳しても、ここに原文がありますよ、と原文と対照してもらうことができるのです。英語だけですと、意味の正確さを少し犠牲にして、読者を感動させる訳を作ることになります。私は、博士論文では、日本語の原文を付け、意味の正確さを犠牲にはしませんでした。『万葉集』の歌の難しいところを、こういうふうに正確に訳したのだ、と示したのです。

ところが、一年ぐらい経ったら、あの句の解釈は全く間違っていた、ということに気づきました。正確に訳したつもりでも、間違いはあります。もちろん、現代の注釈書でも解釈が分かれているところもあります。ですから、ことばを一つ一つ逐語的に訳すよりは、歌全体を訳すことが一番重要であると思います。ただ、それをやり過ぎると、意味の正確さから離れて、日本語の原文を読んだ人が、「これは何だ」と思うことも出てきます。そうなると、もう翻訳ではなくなってしまいます。私がしようとしている翻訳は、一つの妥協であるのかもしれません。

それにしても、英語と日本語はかなり文化が違います。歌句を原文通りの順番で訳そうとしても無理な場合があります。歌句の順番を全て変えなくてはならない場合さえ出てきます。順番が変わるとイメージも変わります。英語の文法を重視するか、イメージを尊重するか、という問題になります。しかし、一生懸命考えれば、他にいい道があるさ、と私は思うのです。最初はわからないのですが、考え続ければ、どこかにいいことばがあるものです。ただし、ことばよりも難しいのは、リズムをどうするかであると思っています。

(2)　柿本人麻呂「泣血哀慟歌」と潘岳「悼亡詩」の違いは、帝国的世界像と関係するのか。

(質問の趣旨＝「泣血哀慟歌」は中国の漢詩文集『文選《もんぜん》』に収められた潘岳《はんがく》の「悼亡詩《とうぼうし》」の影響を受けている。しかし、「悼亡詩」が妻の死の悲しみから早く立ち直って、官僚としての仕事に向かうことを歌うのに対して、「泣血哀慟歌」では男の身分を明示せず、妻は市に出て商売をするような女性となっている。その違いの意義は何か。また、「泣血哀慟歌」の〈私性〉はどのように帝国的表象に取り込まれているのか。)

※この質問については、ダシー氏は講演録本書の加筆にて回答しています(35頁「「泣血哀慟歌」に立ち戻って」)。

小川　ダシーさんの考え方に基づけば、身分の低い女性との恋愛まで含み込んで帝国的世界が成り立っている、ということになると思います。中国では教養人である「士」と人民である「民」をはっきりと区別します。潘岳ももちろん「士」であり、「士」としての悲しみと使命感を歌ったのだと思います。このような中国的社会とは異なり、「民」の女性との恋愛まで含み込んでしまうのが、日本的な帝国的世界像のように受け取れます。

(3)　『万葉集』の歌に女性的な印象を受けたが、それはどこから生まれているのか。

ダシー　例えば、「やすみしし　我《わ》が大君《おほきみ》　神《かむ》ながら　神《かむ》さびせすと　吉野川《よしのがは》　激《たぎ》つ河内《かふち》に……」で始まる人麻呂の「吉野《よしの》讃歌《さんか》」（巻一、三八）のことばは、ソフトでとても洗練されています。貴族たちの感動の仕方、あるいは貴族たちの歌という〈文化〉は非常に洗練されていると思います。それが、質問者に「女性的」と感じさせた理由かもしれません。

小川　おそらく、日本の高等学校までの教育によって、『万葉集』は「ますらをぶり」（男性的でおおらか）、『古今和歌集』は「たをやめぶり」（優美で女性的）という捉え方が、私たちの間に刷り込まれているため、実際にはそうでないことに驚かされたのではないでしょうか。「泣血哀慟歌」にしても、「紀伊国四首」にしても、ことばもリズムも柔らかく、「ますらをぶり」とは思えません。〝『万葉集』の歌は素朴で単純〟と言われますが、実はそうではなく、ダシーさんの言うように、宮廷の洗練された〈文化〉なのです。

(4) 柿本人麻呂「泣血哀慟歌」の、死者が山中に居るという死生観をどう受け止めているか。

秋山《あきやま》の　黄葉《もみち》を繁《しげ》み　惑《まと》ひぬる　妹《いも》を求《もと》めむ　山道《やまぢ》知《し》らずも　（巻二、二〇八）

ダシー　この「泣血哀慟歌」の第一長歌の第一反歌の解釈にはいろいろな問題があります。しかし、亡くなった人の魂が山に行き、それを探しに行くという発想は、古代人に普通にあるものとして受け止められます。日本だけではなく、ネイティヴ・アメリカンの人たちにも同じような発想があります。必ずしも日本的であるとは言えません。ただし、最近の論文では、山に行ったのではない、という説も出されています。

小川　質問者の意図は、キリスト教的な世界観から見ると、二〇八番歌の他界観はどのように考えられるか、ということであるかと思います。

ダシー　キリスト教以前にも、このような他界観はありました。

小川　キリスト教の世界観は、キリスト教以前のさまざまな他界観をも含み込んで成り立っているように考えられます。天上と地獄以外の他界については、全く理解しないというわけではないのだと思います。

本日の講演は、自分とは違う世界を知ることの大切さを、改めて教えてくれるものでした。今、世界の状況は混迷を深めています。その中にあって、自分とは違う世界に心を閉ざし、壁を作るのではなく、むしろ自分自身の目で、自分とは違う世界を見、そこに住む人々と語り合うことが重要であることを強く感じました。

「泣血哀慟歌」現代語訳　（小川靖彦訳）

〈二〇七番歌〉

（天飛ぶや）軽〈今の奈良県橿原市南部の地〉の道は妻の里であるから、つぶさに見たいと思うけれども、絶えず通って行ったならば、人目が多いので、たびたび通っていったならば、人が知ってしまので、（さね葛）後に逢おうと、（大船の）思い頼んで、（玉かぎる）岩垣淵のように、人知れず恋しがっていたところ、空を渡る日が暮れてしまうように、照る月が雲に隠れるように、（沖つ藻の）靡《なび》き寝た妻は、（もみち葉の）別の世界へ旅立ってしまったと、（玉梓《たまづさ》の）使いが言うので、（梓弓）話を聞いてどう言ってよいか、どうしてよいかわからず、知らせだけを聞いてもいられず、私の恋しさの千に一つでも慰められることもあるだろうと、妻が絶えず出かけて見ていた軽《かる》の市に立って耳をすますと、（玉だすき）畝傍《うねび》の山に鳴く鳥の声も聞こえないように、妻の声は聞こえず、（玉桙《たまほこ》の）道行く人もひとりも似た人はいないので、どうすることもできず、（妻の魂を呼び寄せるために）妻の名を呼んで、袖を振ったのであった。

〈二〇八番歌〉

秋山のもみじが茂っているので、道に迷ってしまった妻を探しにゆく山がわからない。

〈二〇九番歌〉

もみじの散ってゆく折しも、（玉梓の）使いを見ると、妻と逢った日のことが自然と思い出される。

but could not bear
to listen to his words,
and so in search
for something to dispel
just a small part
of my thousandfold longing
I went where my
beloved used to go,
Karu Market
and there I stood and listened,
but heard no sound,
not even the birds crying
on the mountain
of gem-corded Unebi
and of all those
who walked the gem-speared road
since there was no
one who resembled her,
all I could do
was to call out her name
and keep waving my sleeves.

oto nomi wo　kiki te arieneba
聲 耳 乎　聞 而 有不得者
aga kopuru　ti pe no pito pe mo
吾 戀　千重之一 隔 毛
nagusa mo ru　kokoro mo ari ya to
遣 悶 流　情 毛 有 八 等
wagimo ko ga　yamazu ide misi
吾妹 子 之　不止 出 見之
Karuno iti ni　waga tati kike ba
軽 市 尓　吾 立 聞 者
tama da suki　Une bi no yama ni
玉 手 次　畝 火 乃 山 尓
naku tori no　kowe mo kikoezu
喧 鳥 之　音 母 不所聞
tama pokono　miti yuku pito mo
玉 桙　道 行 人 毛
pitori dani　nite si yukaneba
獨 谷　似 之 不去者
su be wo na mi　imo ga na yobi te
為 便 乎 無 見　妹 之名 喚 而
sode so puri turu
袖 曽 振 鶴

Two short poems

短歌二首

〈二〇八番歌〉

In the autumn hills
through the thick yellow leaves
my girl is lost;
I want to search for her
yet do not know the path.

aki yama no　momiti wo sigemi
秋 山 之　黄葉 乎 茂
matopinu ru　imo wo motomemu
迷 流　妹 乎 将求
yama di sirazu mo
山 道 不知 母

〈二〇九番歌〉

As the yellow
leaves scatter, when I see
a messenger
with a catalpa gem
I recall the days we met.

momiti ba no　tiri yuku na pe ni
黄 葉 之　落 去 奈 倍 尓
tama dusa no　tukapi wo mire ba
玉 梓 之　使 乎 見 者
apisi pi omopoyu
相 日 所念

「泣血哀慟歌」全文（トークィル・ダシー英訳）

Kakinomoto no Hitomaro, after his wife died, crying tears of blood in his grief, composed two poems, with short poems	柿本朝臣人麻呂妻死之後 泣血哀慟作歌二首并短歌

〈二〇七番歌〉

Upon the road 　to heaven-soaring Karu,	Ama tobuya 天 飛 也	Karuno miti pa 軽 路 者
was the village 　where my beloved lived,	wagimoko ga 吾妹 兒之	satoni si are ba 里 尓 思 有 者
and even though 　I was eager to see her	nemokoroni 懃	mimakuhosikedo 欲見騰
people would see 　if I visited constantly,	yamazu ikaba 不已 行者	hito me wo opo mi 人 目 乎 多 見
people would know 　if I went there too often,	ma ne ku ika ba 真 根 久 往 者	hito sirinube mi 人 應知 見
so we parted, 　like vines that meet again,	sa ne kadura 狭 根 葛	noti mo apamu to 後 毛 将相 等
or so I hoped, 　as if for a great ship,	opo buneno 大 船 之	omopi tanomi te 思 憑 而
and to a pool 　within gem-gleaming rocks	tama kagiru 玉 蜻	ipa kaki puti no 磐 垣 淵 之
I retreated, 　but while I yearned for her,	komori nomi 隠 耳	kopi tutu aru ni 戀 管 在 尓
like the coursing 　sun darkens in the evening,	wataru pi no 度 日 乃	kure nuru ga goto 晩 去 之 如
like the shining 　moon is obscured by clouds,	teru tuki no 照 月 乃	kumo gakuru goto 雲 隠 如
she who had swayed 　like deep seaweed towards me,	oki tu mo no 奥 津 藻 之	nabikisi imo pa 名延之 妹 者
had passed away 　like the autumn leaves, so said	momiti ba no 黄 葉 乃	sugite i niki to 過 伊 去 等
the messenger 　of the catalpa gem	tama dusa no 玉 梓 之	tukapino ipe ba 使 乃 言 者
whose voice I heard 　like a catalpa bow,	adusa yumi 梓 弓	oto ni kiki te 聲 尓 聞 而
I knew not what 　to say or what to do,	ipamu su be 将言 為 便	se musu be sira ni 世 武 為 便 不知 尓

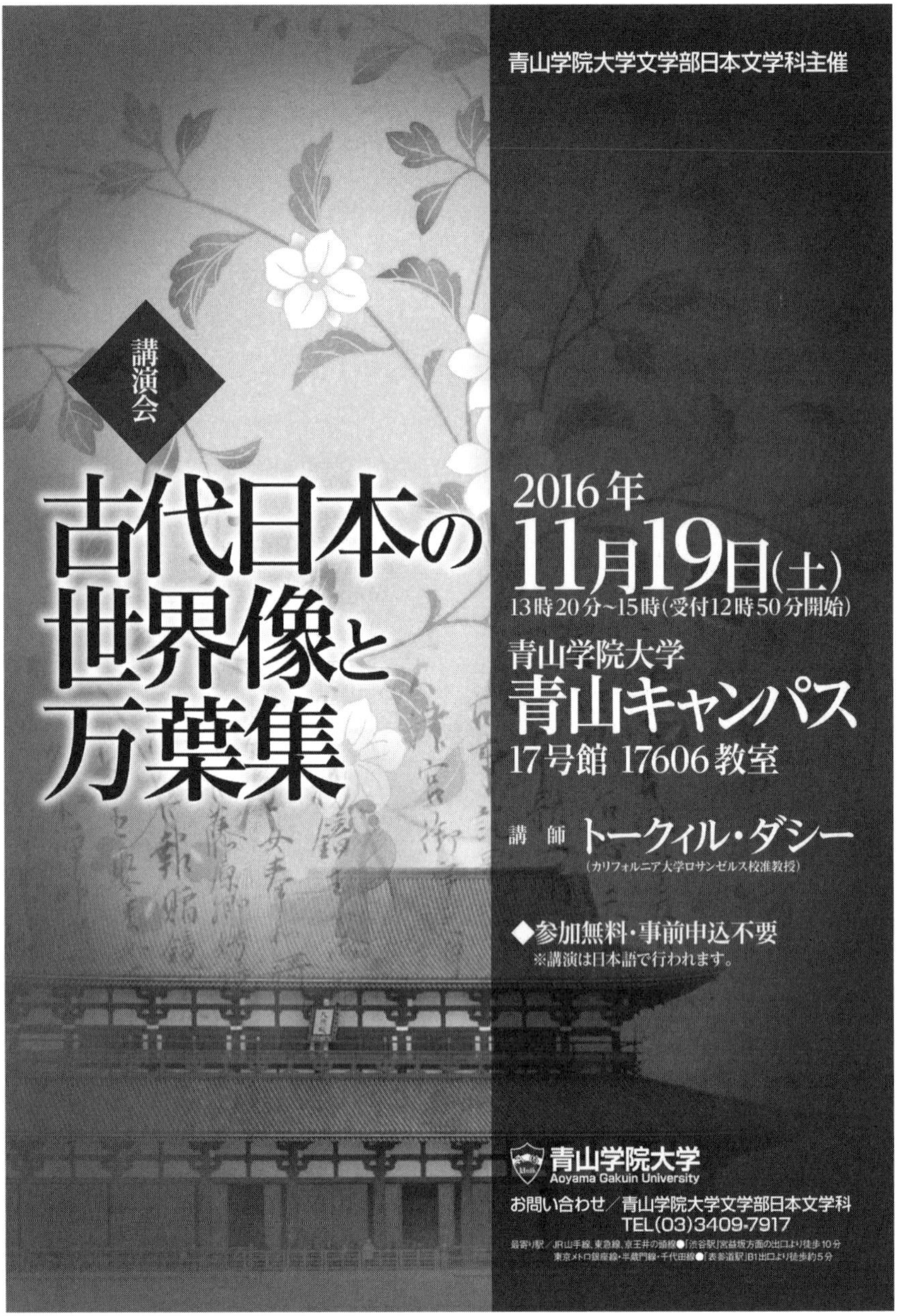
青山学院大学文学部日本文学科主催
講演会
古代日本の世界像と万葉集
2016年
11月19日(土)
13時20分~15時(受付12時50分開始)
青山学院大学
青山キャンパス
17号館 17606教室
講 師 トークィル・ダシー
(カリフォルニア大学ロサンゼルス校准教授)
◆参加無料・事前申込不要
※講演は日本語で行われます。
青山学院大学
Aoyama Gakuin University
お問い合わせ/青山学院大学文学部日本文学科
TEL(03)3409-7917
最寄り駅/JR山手線、東急線、京王井の頭線●「渋谷駅」宮益坂方面の出口より徒歩10分
東京メトロ銀座線・半蔵門線・千代田線●「表参道駅」B1出口より徒歩約5分

講演当日のポスター

『万葉集』における帝国的世界と「感動」

著　者　**トークィル・ダシー　Torquil Duthie**

カリフォルニア大学ロサンゼルス校アジア言語文化学部准教授
1968年生まれ。ロンドン大学東洋アフリカ研究学院卒業。北海道大学大学院文学研究科国文学専攻修士課程を経て、コロンビア大学大学院博士課程修了。著書: *Man'yōshū and the Imperial Imagination in Early Japan* (Brill, 2014年)。最近の日本語の著作に、「『万葉集』の統一性をめぐって」(『国語と国文学』93－2、2016年11月)、「柿本人麻呂『高市皇子挽歌』の歴史性」(『上代文学』117号、2016年11月)などがある。

編者　青山学院大学文学部日本文学科

企画

小川靖彦

青山学院大学文学部日本文学科教授
1961年生まれ。東京大学文学部卒業。東京大学大学院人文科学研究科修了。博士(文学)。著書:『萬葉学史の研究』(おうふう、2008年〈2刷〉)、『万葉集 隠された歴史のメッセージ』(角川選書、角川学芸出版、2010年)、『万葉集と日本人』(角川選書、KADOKAWA、2014年。第3回古代歴史文化賞)、『萬葉写本学入門』(編著、笠間書院、2016年)など。

表紙絵: (c) イメージナビ/amanaimages

2017(平成29)年3月31日　初版第一刷発行

発行者　池田圭子

装　丁　笠間書院装丁室

発行所　笠 間 書 院

〒101-0064　東京都千代田区猿楽町2-2-3
電話　03-3295-1331　Fax 03-3294-0996

ISBN978-4-305-70842-7 C0092

印刷・製本　モリモト印刷

http://kasamashoin.jp/

青山学院大学文学部日本文学科主催
講演会「古代日本の世界像と万葉集」について

篠原進（青山学院大学副学長）

青山学院大学文学部日本文学科は、昨年創設五〇周年を迎えました。一九六六年の創設当時は国文科と称するのが一般的でしたが、本学は敢えて「日本文学科」としました。それは、世界的視野に立つ新しい日本文学研究を進める学科としての特質を明示したかったからです。

そうした理念は現在まで受け継がれ、二〇〇五年からは国際学術シンポジウムと招聘講演を開催しています。また、二〇〇六年にコロンビア大学東アジア言語文化学部と学術協定を結ぶなど、積極的に海外の大学との学術協定の締結も進めていく方針です。

グローバル化が進めば進むほど拡がる、日本の文化や文学への関心。そうした要請を承け、二〇一六年二月には日本古典文学を専攻する本学科の佐伯眞一教授と小川（小松）靖彦教授がカリフォルニア大学ロサンゼルス校（UCLA）アジア言語文化学部大学院に赴き、「文学におけるジェンダーについて」講義を致しました。それを機に同年四月に同大学との学術協定が結ばれ、今回のトークィル・ダシー先生のご講演へと結実しました。

ダシー先生および、当日ご来聴くださった皆さまに厚く御礼申し上げます。今後ますます国境を越えた学術交流の隆盛に努めますので、これからもどうぞ宜しくお願い申し上げます。